Tous les enfants attrapent des poux ?

pages 22-23

pages 24-25

Pourquoi il faut se laver les cheveux ?

Depuis quand on met des perruques ?

pages 26-27

pages 28-29

Pourquoi se moquer des cheveux, c'est blessant ?

Tous les bébés naissent chauves ?

pages 30-31

pages 32-33

Pourquoi des femmes se couvrent les cheveux ?

Est-ce qu'on peut faire ce qu'on veut avec ses cheveux ?

pages 34-35

pages 36-37

Les cheveux ont des pouvoirs magiques ?

Mise en pages : Graphicat

1, rond-point du Général-Eisenhower, 31101 Toulouse Cedex 9, France
editionsmilan.com

Dépôt légal : septembre 2022 • ISBN : 978-2-408-03879-3
Achevé d'imprimer au 3e trimestre 2022 en Roumanie par Rotolito
Plus d'informations sur la fabrication de nos livres :
editionsmilan.com/comment-fabriquons-nous-nos-livres

Certifié PEFC
Ce produit est issu de forêts gérées durablement et de sources contrôlées
PEFC/46-31-13
www.pefc.ro

Tu vides tes étagères et connais déjà ce livre par cœur ? Donne-le !

Les cheveux et les poils

Textes de Sophie Dussaussois
Illustrations de Giulia Sagramola

milan

En quoi sont faits les cheveux?

Les cheveux, les poils et les ongles sont tous composés de **kératine**. Cette matière constitue aussi les cornes des rhinocéros, les sabots des chevaux et les griffes des chats. Les poils et les cheveux poussent sous la peau et sont recouverts d'écailles.

Les cheveux et les poils forment un tout : la **pilosité**. Le corps fabrique des poils en permanence. Ils prennent racine sous la peau et sortent à la surface.

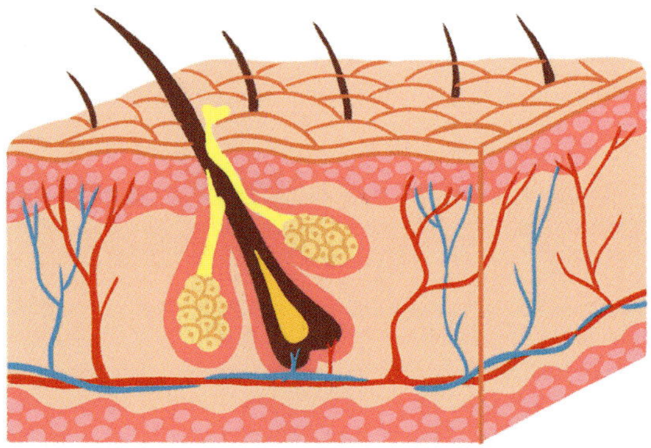

Connais-tu
la différence entre
un poil et un cheveu ?
C'est l'épaisseur.
Un poil de barbe
est en moyenne
deux fois plus gros
qu'un cheveu.

Les cheveux ont une épaisseur
d'environ 0,08 millimètre,
mais ils sont très solides.
Un seul de tes cheveux
peut supporter un poids de
100 grammes, et une chevelure
entière, 12 tonnes, soit deux
éléphants !

Les cheveux et les poils sont utiles?

Les humains ont des poils partout, sauf sous la plante des pieds, dans la paume des mains et sur les lèvres. Tu ne les vois pas, mais tu as même des poils dans les oreilles et dans le nez. Ils sont utiles, car ils empêchent les microbes de passer. Les cils protègent les yeux des poussières, et les sourcils de la transpiration.

Sur le reste du corps, les poils protègent la peau du froid et du soleil. Quand il fait très froid, les poils se dressent pour ajuster la température du corps : c'est la **chair de poule**.

Nos ancêtres de la préhistoire avaient plus de poils que nous.
On ne sait pas s'ils les ont perdus parce qu'ils ont commencé à s'habiller ou s'ils se sont habillés parce qu'ils avaient perdu leurs poils.

La plupart des mammifères ont une fourrure : des poils fins et serrés qui leur servent de manteau pour rester au chaud. Pour les animaux, on ne parle pas de cheveux, mais de pelage, de crins, de laine ou encore de crinière.

Comment les cheveux poussent?

Comme les plantes, les cheveux ont des racines. Ce sont les **follicules pileux**, des sortes de petits sacs placés sous la peau. Une fois sortis, les cheveux sont nourris par les vaisseaux sanguins. Ils s'allongent et poussent d'environ 1 cm par mois.

Les cheveux naissent, grandissent, puis chutent. Heureusement, pas tous en même temps !
Quand certains cheveux tombent, d'autres poussent à leur place.

Les cheveux vivent en moyenne 4 ans. Les poils des sourcils ne vivent que 4 mois. C'est pour ça que les poils des sourcils ne sont jamais aussi longs que les cheveux.

Pourquoi ça fait mal quand on te tire les cheveux ?

Si ton frère te tire les cheveux, ça te fait mal. Mais, si le coiffeur te les coupe, tu ne sens rien. C'est normal ! Tes cheveux sont constitués de cellules mortes. Seule la racine est vivante.

Pourquoi les garçons ont souvent plus de barbe et de moustache que les filles ?

Les femmes et les hommes ont le même nombre de poils : environ 4 millions.
Ils sont placés aux mêmes endroits du corps, mais les poils des garçons sont en général plus épais et donc plus visibles : c'est une question d'**hormone**.

Lors de la période appelée « puberté », le corps change et devient adulte. Il produit une substance chimique, une hormone, appelée la **testostérone**. Grâce à elle, les poils des filles et des garçons se mettent à pousser, sous les aisselles, autour du sexe, mais aussi sur le visage, la poitrine, les bras et les jambes.

Beaucoup de filles n'ont ni barbe ni moustache, car elles produisent moins de testostérone que les garçons. Mais elles ont aussi des poils sur le visage. Ils sont juste souvent plus fins, sous forme de **duvet**.

Pourquoi certaines femmes ont de la barbe ?

Si la testostérone se dérègle, elle peut produire une augmentation du nombre de poils n'importe où sur le corps : une hypertrichose. Cela peut être difficile à vivre. En 1901, Clémentine Delait a laissé pousser sa barbe et en était fière, à une époque où les femmes étaient pointées du doigt pour leurs poils.

Pourquoi mon papa perd ses cheveux?

Certaines personnes perdent leurs cheveux. Elles peuvent devenir chauves. Quand le crâne est dégarni, on parle de **calvitie**. Se raser entièrement la tête est parfois aussi un choix.

La calvitie peut se situer de chaque côté du crâne. Ou prendre la forme d'un rond à l'arrière du crâne : une tonsure. Certains hommes n'ont plus du tout de cheveux : on dit qu'ils ont la « boule à zéro ».

La calvitie est plus fréquente chez les hommes, à cause de la testostérone. À partir de 50 ans, un homme sur deux perd ses cheveux. Mais la calvitie arrive de temps en temps bien plus tôt.

Quand on vieillit, les cheveux deviennent plus paresseux. Ils peuvent aussi être fragilisés par les traitements médicaux. Certaines personnes âgées perdent ainsi jusqu'à 150 cheveux par jour, qui ne repoussent plus.

Pourquoi les adultes se rasent?

Pendant longtemps, on pensait que les poils des hommes étaient un signe de force, de puissance ou de virilité. À l'inverse, les poils des femmes étaient considérés comme laids. Cette idée est en train de changer.

De nos jours, certains hommes s'épilent pour se sentir plus beaux. Les nageurs professionnels enlèvent également leurs poils, car ils freinent leur vitesse dans l'eau. Quant aux filles, elles font elles aussi comme elles veulent. Certaines personnes choisissent de s'épiler. D'autres non.

La pilosité du visage ne se développe pas au même rythme pour tous les garçons. Mais, en général, elle commence à apparaître entre 12 et 14 ans. La moustache arrive en premier. Au début, moustache et barbe poussent de façon irrégulière.

Une barbe en forme de bouc ou de collier, une moustache en brosse ou tombante : les hommes peuvent s'amuser à sculpter leur barbe et leur moustache comme ils le souhaitent. Ils peuvent aussi se raser complètement.

Pourquoi certains ont les cheveux crépus et d'autres les cheveux lisses?

À l'origine, on distingue 3 grands types de cheveux : asiatique, africain et caucasien. Mais de nos jours les populations se mélangent, et la société est plus **métissée**. Les natures de cheveux sont donc plus subtiles et plus nombreuses.

Le cheveu de type asiatique est noir, plutôt raide et épais. Le cheveu africain est crépu et noir. Il peut être frisé ou ondulé, fin ou plus épais. Le cheveu caucasien peut être raide, frisé ou ondulé et de couleurs variées : noir, blond, châtain ou roux.

Imagine un monde où nous aurions tous les mêmes cheveux ! Ce serait triste. Les différences sont essentielles. Elles sont le signe de la diversité humaine. Qu'ils soient blonds, roux ou bruns, lisses, ondulés ou frisés, tous les cheveux sont beaux.

D'où vient la couleur des cheveux ?

Les couleurs des cheveux varient du noir au blond clair grâce à la mélanine. Cette substance donne de la couleur à nos cheveux, mais aussi à notre peau et à nos poils. Plus on a de mélanine, plus les cheveux sont foncés.

C'est quoi, la coupe « à la garçonne »?

Dans les années 1920, les femmes n'avaient pas les mêmes droits que les hommes. Pour afficher leur volonté de liberté et d'indépendance, elles sont nombreuses à se couper les cheveux très court, comme les garçons de l'époque, d'où le nom « coupe à la garçonne ». Une manière de dire que les filles et les garçons doivent être égaux.

Les cheveux sont l'une des premières choses que les autres voient de nous. La façon de les coiffer permet d'affirmer des idées ou de réclamer plus de droits sociaux. Dans les années 50, les jeunes garçons portent une coupe banane. Avec cette coiffure, ils affichent leur goût pour le rock et leur envie d'insouciance après la guerre.

Dans les années 70, les hippies décident de porter les cheveux longs, en opposition aux soldats qui ont le crâne rasé, pour montrer qu'ils sont contre la guerre du Vietnam.

Pendant longtemps, le racisme a imposé aux femmes noires d'avoir des cheveux comme ceux des Blanches : elles devaient les lisser ou les tresser pour les discipliner. Aujourd'hui, le mouvement « *nappy hair* » prône un retour au naturel. De plus en plus de femmes arborent une coupe « afro » et laissent leurs cheveux libres.

Tous les enfants attrapent des poux?

Les poux adorent se nicher dans les cheveux des enfants. Une fois bien au chaud, ils sont très difficiles à déloger. Les poux reviennent sans cesse. Normal : un pou femelle pond 5 à 10 œufs par jour, et jusqu'à 300 dans sa vie.

L'œuf, ou lente, est accroché au cheveu par une sorte de colle. Dès que la lente éclôt, au bout de 8 jours environ, le bébé pou passe à table. Il pique et suce le sang. Sa salive est très irritante : c'est pour ça que l'on se gratte. Puis, il faut encore 8 jours pour qu'il se transforme en pou adulte.

Ce n'est pas parce qu'on a des poux qu'on a la tête sale. Même si on se lave les cheveux, ces **parasites** très résistants savent nager. Pour s'en débarrasser, il faut décrocher les lentes des cheveux avec un peigne fin et étouffer les poux avec des produits à base d'huile.

Pourquoi les poux préfèrent les cheveux des enfants ?

Les cheveux des adultes sont plus gras que ceux des enfants, ce qui n'est pas au goût du pou. De plus, à l'école, les enfants échangent parfois leurs bonnets. C'est plus facile pour les poux de passer d'une tête à l'autre, car ils rampent vite.

Pourquoi il faut se laver les cheveux?

Comme le reste du corps, les cheveux ont besoin d'être lavés régulièrement. Pour avoir des cheveux propres, un shampoing s'impose, une ou deux fois par semaine.

La peau du crâne produit du **sébum**, une substance grasse qui protège les cheveux. Mais, lorsqu'il y a trop de sébum, les cheveux deviennent gras. C'est l'heure du shampoing ! Tu les débarrasses ainsi de la poussière et des saletés.

Si l’on ne prend pas soin des cheveux en les lavant et en les brossant, ils deviennent un peu rêches et s’emmêlent. Pour retirer les nœuds facilement, on peut utiliser un produit démêlant.

Pourquoi les cheveux font des nœuds ?

Les cheveux sont recouverts d’écailles en plusieurs couches, comme les tuiles sur le toit d’une maison. Plus les cheveux sont secs, plus ils ont tendance à s’emmêler, car les écailles s’ouvrent et s’agrippent les unes aux autres.

Depuis quand on met des perruques?

La perruque, ce n'est pas récent ! Elle était à la mode au temps des pharaons, chez les riches Égyptiens. Les femmes et les hommes se rasaient la tête pour éliminer les poux et portaient des perruques sophistiquées.

En France, au XVIIe siècle, les perruques sont à la mode à la cour du roi Louis XIV. Elles sont le signe que l'on appartient à la noblesse. Sous Louis XVI, elles prennent de la hauteur et peuvent mesurer jusqu'à 65 centimètres de haut !

Aujourd'hui, certains traitements médicaux, notamment contre le cancer, provoquent la chute des cheveux. Des personnes choisissent de porter une perruque pour cacher leur crâne dégarni. Pour aider les malades, des associations collectent les cheveux coupés chez les coiffeurs.

Enfants et adultes portent aussi des perruques pour se déguiser et s'amuser. Le carnaval est l'occasion de se défouler et de laisser libre cours à son imagination. À Rio de Janeiro, au Brésil, les écoles de samba rivalisent de créativité sur les costumes et les perruques.

Pourquoi se moquer des cheveux, c'est blessant?

Pendant longtemps, on a cru que les femmes rousses étaient des sorcières, parce que cette couleur de cheveux était rare. On a dit aussi que les blondes étaient bêtes, ou que les brunes avaient du caractère. Ces croyances sont des **stéréotypes**, des idées fausses.

Certaines moqueries sur les cheveux peuvent être **racistes** ou **sexistes**. Si on se moque d'une personne à cause de ses cheveux frisés ou si on traite une fille de « garçon manqué » parce qu'elle porte les cheveux courts, ce sont des paroles qui peuvent faire mal.

Quand on se moque d'une personne en raison de son physique, il s'agit de **discrimination** : cela veut dire qu'elle n'est pas traitée de manière égale aux autres, et c'est grave. La loi française punit ces moqueries.

Certains ont parfois envie de toucher les cheveux des personnes noires. Mais c'est interdit, car les cheveux sont une partie intime du corps. La chanteuse américaine Solange Knowles a écrit la chanson *Ne touchez pas à mes cheveux*, pour dénoncer cette forme de racisme.

Tous les bébés naissent chauves?

Certains bébés naissent avec des cheveux, d'autres sont chauves. C'est la surprise ! Lorsque les cheveux des bébés se mettent à pousser, ils sont très fins et très doux.

Lorsqu'il est dans le ventre de sa maman, le bébé est recouvert d'un fin duvet : le **lanugo**. Ce sont les premiers poils fabriqués par l'organisme. Ils tombent un peu avant ou après la naissance.

À la naissance, certains bébés sont blonds ou châtain clair. Mais, au fur et à mesure qu'ils grandissent, leurs cheveux deviennent plus foncés. La raison ? Une augmentation de la mélanine, le pigment responsable de la couleur foncée des cheveux.

Pourquoi les grands-parents ont les cheveux blancs ou gris ?

Avec l'âge, la production de mélanine, responsable de la couleur des cheveux, diminue. C'est la raison pour laquelle les cheveux deviennent blancs. Les cheveux gris n'existent pas, c'est une impression : il s'agit d'un mélange de cheveux blancs et bruns.

Pourquoi des femmes se couvrent les cheveux?

Selon certains musulmans, juifs ou catholiques très croyants, les femmes doivent cacher leur chevelure. Selon les religieux, il convient de camoufler les cheveux, car ils ont un pouvoir de séduction.

Dans la religion catholique, les femmes qui décident de devenir religieuses portent le **voile**. Ce vêtement est destiné à cacher les cheveux ou le corps entier et symbolise l'obéissance à Dieu.

Pour certains musulmans, les femmes doivent couvrir leurs cheveux avec un voile, par pudeur. On appelle ce voile le **hidjab**, qui vient d'un mot arabe signifiant « dérober au regard, cacher ».

Des femmes portent le voile par choix, d'autres y sont obligées par leur religion ou le pays dans lequel elles vivent.
En Afghanistan, les talibans, des religieux extrémistes, les obligent à porter un voile intégral, la **burqa**, pour se cacher en entier.

Est-ce qu'on peut faire ce qu'on veut avec ses cheveux?

Bruns, blonds ou roux, lisses ou bouclés, les cheveux nous distinguent des autres : ils marquent notre identité. On peut jouer avec leur style, les couper, les raser, les colorer. Changer de coiffure permet d'affirmer son identité ou de varier son look.

Autrefois, les cheveux blancs étaient vus comme un signe de vieillesse. Aujourd'hui, ils sont plus acceptés par la société. De plus en plus de femmes cessent de colorer leurs cheveux, quand ils commencent à blanchir. Et des jeunes se colorent les cheveux en gris !

La société est plus tolérante avec les coiffures. Depuis plusieurs dizaines d'années, les filles ne sont plus obligées de porter les cheveux longs ou relevés en chignon. Les garçons peuvent se laisser pousser les cheveux ou les teindre en rose. Chacun fait comme il veut !

Le coiffeur, ça coûte plus cher pour les filles ?

Même si la vision de la société évolue, les filles paient plus cher que les garçons chez le coiffeur. Cette pratique, inventée parce que les filles ont plus souvent les cheveux longs, peut sembler injuste.

Les cheveux ont des pouvoirs magiques?

À la différence d'un bras ou d'une jambe, les cheveux repoussent, même quand on les coupe. De plus, ils sont **imputrescibles** : ils ne pourrissent pas. Pour ces raisons, certains peuples amérindiens ont attribué des pouvoirs magiques aux cheveux.

À la Renaissance, en Europe, on croyait que les sorcières existaient pour de vrai. On coupait les cheveux des femmes accusées de sorcellerie, car on pensait que leurs pouvoirs magiques étaient cachés dans leur chevelure.

Les cheveux n'ont pas de pouvoir magique, mais ils peuvent être électriques. Parfois, quand il fait froid et qu'on enfile un bonnet en laine, ils se dressent sur la tête. Il s'agit d'un « phénomène électrostatique ».

Les cheveux gardent en mémoire ce qu'on absorbe : nourriture, boisson ou tabac. Ils contiennent notre ADN, unique et propre à chacun. Les agents de la police scientifique analysent souvent les cheveux pour identifier ou retrouver des personnes.

Découvre tous les univers de la collection !

Mes P'tites Questions

Des documentaires qui abordent les questions telles que les enfants se les posent.
Un support précieux pour discuter avec eux et répondre à leurs interrogations sur le monde.

VIVRE ENSEMBLE

Pour comprendre
la vie en société
et les sujets d'actualité.

ET MOI

Pour comprendre
ce qui se passe dans
son corps et dans sa tête.

SCIENCES

Pour aborder
les sciences
avec des expériences.

NATURE

Pour tout savoir
sur la planète Terre,
ses animaux et ses phénomènes.

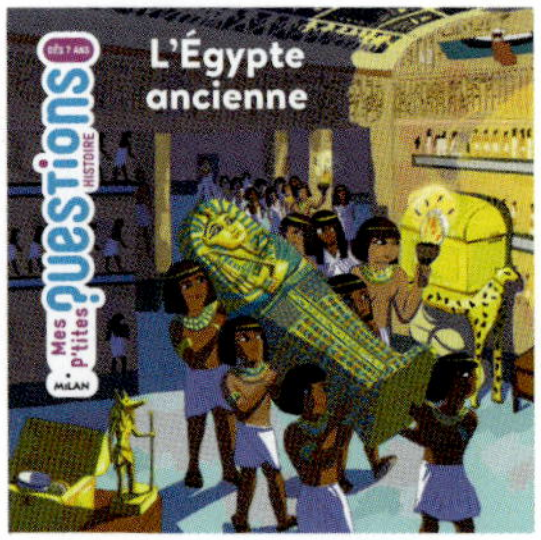

HISTOIRE

Pour connaître les grandes
périodes de l'Histoire.
Le + : une frise chronologique.

ENCYCLO

100 questions
pour tout savoir
sur un sujet passionnant.

ATLAS

Pour explorer les villes
et les pays.
Le + : une carte pop-up.